Jean Berleux

La Fin
de Murat

PARIS

PAUL OLLENDORFF, ÉDITEUR

28 bis, rue de Richelieu, 28 bis

1890

LA FIN DE MURAT

DU MÊME AUTEUR

Peines de cœur. (Signé W. O'Cantin.) Nouvelles. (Épuisé.)
Cousine Annette. Roman. (Épuisé.)
Les Passions étranges. Nouvelles.

En préparation :

Honnêtes ! *Étude d'une passion.* Roman.

Sous presse :

La Caricature politique en France, pendant la guerre et la Commune (1870-71).

Paris. — Imp. Charles Schlaeber, 257, rue Saint-Honoré.

JOACHIM MURAT.
Beau-frere de S.M. G.ᵈ Amiral de France
Roi de Naples et de Sicile.

JEAN BERLEUX

<h1 align="center">LA</h1>

<h1 align="center">FIN DE MURAT</h1>

EN TROIS TABLEAUX

D'après ALEXANDRE DUMAS

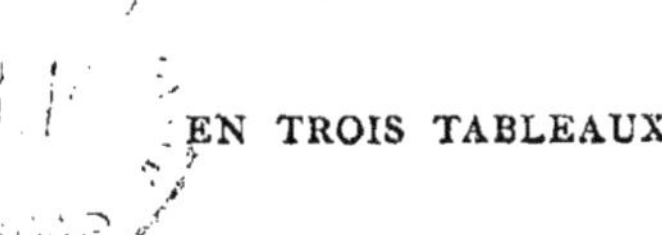

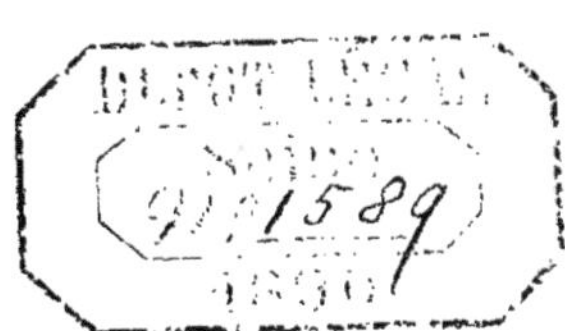

PARIS

PAUL OLLENDORFF ÉDITEUR

28 bis, rue de Richelieu, 28 bis .

—

1890

Tous droits réservés.

*J'avais été profondément frappé, en lisant le « Capi-
taine Arena » d'Alexandre Dumas, du récit dramatique
de l'exécution de Murat. Il me sembla qu'on pouvait facilement le porter sur le théâtre.*

*M. Alexandre Dumas fils m'en ayant gracieusement
accordé l'autorisation, je me suis appliqué à le mettre à la
scène en le déflorant le moins possible; c'est ainsi que
j'ai dialogué le texte même d'Alexandre Dumas dans
des passages entiers, principalement au deuxième tableau.
Seul l'épisode de Francesca m'appartient : je l'ai cru
nécessaire pour corser l'action. Quant au reste, je laisse
la responsabilité des documents historiques à feu mon
illustre collaborateur.*

J. B.

PERSONNAGES :

Murat.
Général Nunziante.
Tavella, ancien sergent.
Pellegrino.
Trenta Capelli, capitaine de gendarmerie.
Strati, capitaine.
La Camera, procureur royal.
Antonio Masdea, prêtre.
Général Franceschetti.
Campana, aide de camp de Murat.
Le concierge de la prison.
Un lieutenant.
Un tailleur.
Francesca.
Habitants du Pizzo, Soldats, Gendarmes, Prisonniers, etc.

(*Le Pizzo*, 8-13 *octobre* 1815.)

PREMIER TABLEAU

PREMIER TABLEAU

La place du Pizzo, le 8 octobre 1815. — Enchevêtrement de maisons italiennes, la plupart à un seul étage. — A gauche de la scène la statue du roi Ferdinand. — Quatre rues tortueuses et en pente aboutissent à la place. — Au fond du théâtre un grand escalier taillé dans le granit dévale jusqu'à la mer, qu'on aperçoit très bleue dans le lointain.

Au lever du rideau, la cloche de l'église tinte, appelant les fidèles à la messe. Les paysans sortent de chez eux, hommes, femmes, enfants, se dirigent par groupes, tous du même côté, à gauche du théâtre, passant devant la statue du roi Ferdinand. Ils portent le costume des pêcheurs napolitains.

Un roulement de tambour retentit au loin, suivi de la voix peu distincte d'un crieur public ; on entend à peine des lambeaux de phrases où il est parlé de « rebelle », de « Joachim », de « tête mise à prix ». Quelques paysans et paysannes se sont arrêtés pour écouter : bientôt un groupe se forme.

SCÈNE I

PELLEGRINO, TAVELLA, PAYSANS ET PAYSANNES,
puis **FRANCESCA**

PELLEGRINO, pérorant au milieu du groupe.

Entendez-vous : c'est l'usurpateur dont la tête est mise à prix. Est-ce qu'il se trouverait dans le pays ?

UN PAYSAN

Possible. J'ai été hier à Cosenza ; on ne parlait que de lui. On racontait qu'il venait de Corse avec une armée. Il y a de la gendarmerie sur toute la côte. Le capitaine Trenta Capelli est arrivé ici hier soir ; il a couché chez son oncle Mattei. Je l'ai vu ce matin.

UN AUTRE PAYSAN

On va sans doute se cogner encore.

PELLEGRINO

Si l'usurpateur vient au Pizzo, je connais quelqu'un qui lui fera son affaire.

PREMIER PAYSAN

Nous ne serons donc jamais tranquilles dans ce gueux de pays.

UNE FEMME

C'est, paraît-il, un bel homme, le roi Joachim.

UNE AUTRE FEMME

Tu ne l'as donc pas vu, quand il est venu ici il y a cinq ans.

FRANCESCA, s'approchant.

Vous avez beau dire : c'était un bon roi.

On était heureux de son temps; et puis pas fier pour le pauvre monde. Pouvait l'approcher qui voulait, n'est-ce pas, Tavella?

TAVELLA

Ça, c'est vrai; j'ai servi dans sa garde; j'étais sergent; deux fois il m'a parlé.

PELLEGRINO

Oui; mais le roi Ferdinand est le vrai roi légitime; l'autre n'est qu'un usurpateur imposé par les Français.

FRANCESCA

Un usurpateur qui vaut mieux que le roi légitime.

UNE JEUNE FILLE, à Francesca.

Toi, on sait bien que tu n'en diras jamais de mal. (Aux autres) Elle en est amoureuse!

FRANCESCA, rougissant.

Oh!

LA JEUNE FILLE

Tout le monde le sait bien. Va; depuis qu'il est venu au Pizzo, tu en as perdu le boire et le manger. (On rit.)

PELLEGRINO, à Francesca.

Eh bien ! ton amoureux ; s'il revient, on lui coupera le cou. (On rit de plus belle.)

TAVELLA

Crois-moi, Pellegrino, le mieux, si cela arrivait, serait de rester chacun chez soi. Ce n'est pas à nous autres, pauvres diables, à nous occuper des rois ; il nous en cuit toujours. Je suis plus vieux que toi, et j'en ai déjà vu des révolutions. Laissons passer l'orage ; car le vaincu d'aujourd'hui pourrait bien être le vainqueur de demain. Et puis ce sont toujours les paysans qui paient...

PELLEGRINO

N'importe : si Joachim remonte sur le trône, on aura encore la guerre.

UNE FEMME

La guerre ! bonne Madone ! encore la guerre !

TAVELLA

Pour sûr, la guerre, nous n'en voulons plus.

FRANCESCA

Ce n'est pas bien, Tavella, toi, un ancien soldat, de parler ainsi.

UN PAYSAN

Tais-toi ; nous en avons assez de la guerre.
Tu as raison, Tavella.

TOUS

C'est vrai ; nous en avons assez.

LA FEMME

J'y ai perdu mon mari, moi, à la guerre.

UN VIEUX PAYSAN

Et moi, mon fils unique.

FRANCESCA

Pourquoi le roi Joachim ferait-il la guerre ?

PELLEGRINO

Est-ce qu'on sait ? Pour rien, comme toujours, pour imiter ces satanés Français. Il
ira encore chercher son Napoléon de mal-
heur, et on recommencera à se battre.

UN PAYSAN

A bas la guerre !

TOUS

Oui, oui ; à bas la guerre !

UN ENFANT, s'approchant de Tavella et montrant la mer.

Regarde donc, padre, là-bas, ce grand bâti-
ment, et ce canot qui s'approche de la grève...

TAVELLA

Où donc ? — C'est pardieu vrai : voyez donc
vous autres, il y a là des gens qui débarquent.

Tous se sont dirigés vers le fond du théâtre, regardant du côté du grand
escalier.

L'ENFANT

Tenez ; les voilà qui montent.

SCÈNE DEUXIÈME

LES MÊMES, MURAT, FRANCESCHETTI, CAMPANA,

UNE TROUPE DE SOLDATS

Ils apparaissent au sommet de l'escalier. Murat est en tête ; il
est vêtu d'un habit bleu, galonné d'or au collet, sur la poitrine et
aux poches ; il a un pantalon de casimir blanc, des bottes à l'écuyère,
une ceinture à laquelle est passée une paire de pistolets, un cha-
peau brodé d'or comme l'habit, garni de plumes blanches et dont
la ganse est formée de quatorze diamants éblouissants.

A l'arrivée de la petite troupe, les paysans se sont peu à peu
retirés sur le devant du théâtre en manifestant des signes
d'étonnement.

FRANCESCA, reconnaissant Murat

Seigneur Jésus, c'est lui !

MURAT, désignant Tavella à Campana qui se trouve derrière lui.

Pardieu : le hasard nous favorise. Ne reconnaissez-vous pas cet homme, Campana? C'est un ancien sergent de ma garde.

Il marche droit vers Tavella, et lui mettant la main sur l'épaule.

Tu t'appelles Tavella ?

TAVELLA

Oui, que me voulez-vous ?

MURAT

Tavella, ne me reconnais-tu pas ?

Tavella reste muet.

MURAT

Tavella, je suis Joachim Murat, ton ancien général. A toi l'honneur de crier le premier : « Vive Joachim ! »

Franceschetti, Campana et les partisans de Murat crient : « Vive Joachim !». Rumeurs chez les paysans. Pas un n'a répondu au cri de « Vive Joachim! ». Pellegrino s'esquive par la gauche.

SCÈNE TROISIÈME

LES MÊMES, moins PELLEGRINO

MURAT

Tavella, va me chercher un cheval et de

2

sergent que tu étais, je te fais capitaine.

Tavella s'éloigne sans répondre.
Nouvelles rumeurs sourdes chez les paysans.

SCÈNE QUATRIÈME

LES MÊMES, moins TAVELLA

LE GÉNÉRAL FRANCESCHETTI, s'approchant de Murat.

Sire, que faut-il faire ?

MURAT

Croyez-vous que cet homme m'amènera un cheval ?

FRANCESCHETTI

Sire, je ne crois pas.

MURAT

Dans ce cas, allons à pied à Monteleone.

CAMPANA

Sire, il serait peut-être plus prudent de retourner à bord.

MURAT

Il est trop tard : les dés sont jetés ; que ma destinée s'accomplisse ! A Monteleone !

LES SOLDATS

A Monteleone !
Murat et ses partisans sortent.

SCÈNE CINQUIÈME

LES PAYSANS, puis PELLEGRINO,

TRENTA CAPELLI, GENDARMES

Trenta Capelli est en uniforme de capitaine de gendarmerie.
Pellegrino est armé d'un fusil.

PELLEGRINO, à Trenta Capelli.

Tenez capitaine : ils viennent de partir de
ce côté.

TRENTA CAPELLI

Bien. (S'adressant aux paysans.) Amis, laisserez-vous
un conspirateur fouler le sol de la patrie! Un
usurpateur qui vous apporte la guerre civile !

LES PAYSANS

Non, non.

TRENTA CAPELLI

Vous savez qu'il y a mille louis pour celui
qui le prendra.
Rumeurs diverses. Cris: « Aux armess! ».

LES PAYSANS

Aux armes ! Aux armes !

Les paysans entrent dans leurs maisons, en sortent presque immédiatement avec leurs fusils et leurs gibernes, qu'ils attachent à la hâte.

LES PAYSANS

Courons à leur poursuite. Par là, capitaine, ils sont partis par là...

TRENTA CAPELLI

Suivez-moi.

PELLEGRINO

C'est inutile, les voici qui reviennent.

SCÈNE SIXIÈME

LES MÊMES, MURAT ET SA TROUPE

Trenta Capelli en apercevant Murat fait signe aux paysans de rester en arrière. Il s'avance seul, et s'adressant à Murat.

TRENTA CAPELLI

La retraite vous est coupée ; nous sommes trente contre un. Rendez-vous et vous épargnerez l'effusion du sang.

MURAT

J'ai quelque chose de mieux à vous offrir.

Suivez-moi; réunissez-vous aux miens : il y a les épaulettes de général pour vous et pour chacun de ces hommes cinquante napoléons.

TRENTA CAPELLI

Ce que vous me proposez est impossible ; nous sommes tous dévoués au roi Ferdinand à la vie à la mort; vous ne pouvez en douter. Pas un d'eux n'a répondu à votre cri de « Vive Joachim », n'est-ce pas? Ecoutez. (Levant son épée.) Vive Ferdinand!

LES PAYSANS

Vive Ferdinand!

MURAT

Il en sera ce que Dieu voudra, mais je ne me rendrai pas.

TRENTA CAPELLI

Alors, que le sang retombe sur ceux qui le font couler.

Pellegrino met en joue Murat.

MURAT, à TRENTA CAPELLI

Dérangez-vous, capitaine, vous empêchez cet homme de m'ajuster.

Trenta Capelli se jette de côté: le coup part, mais n'atteint pas Murat.

MURAT, bas à FRANCESCHETTI et à CAMPANA

La partie est perdue. Tâchons de regagner notre vaisseau.

Les soldats protègent Murat en se repliant du côté de l'escalier. Bagarre.

SCÈNE VII

Toute la population ameutée court à la poursuite de Murat, en criant « A mort ! ». Le théâtre reste vide. On entend des rumeurs toujours grandissantes ; puis des coups de fusil, d'abord espacés, ensuite plus nourris. On sent qu'un véritable combat est engagé du côté de la mer. Enfin, des cris de triomphe succèdent aux cris de mort, et l'on voit reparaître Murat, entouré des paysans qui le frappent en vociférant. Son habit est en lambeaux, ses épaulettes ont été arrachées ; sa figure est couverte de sang. La population toute entière du Pizzo s'est ruée à la curée royale, les femmes plus enragées que les hommes. Pellegrino se montre parmi les plus acharnés. Trenta Capelli et les gendarmes font de vains efforts pour protéger Murat.

Francesca est seule du côté de la scène demeurée libre. Elle tombe à genoux.

FRANCESCA

Sainte Madone, protégez le roi !

Murat est traîné jusque devant la statue de Ferdinand. Là, les hurlements redoublent.

RIDEAU

SECOND TABLEAU

SECOND TABLEAU

Une chambre aux murailles blanchies à la chaux et couvertes
d'une multitude d'images de madones et de saints, comme dans
la plupart des maisons italiennes. Une table en bois, et quelques
chaises de paille composent l'ameublement. Au fond, un coffre
bas en bois sculpté, sur lequel se trouvent de menus objets, un
encrier et quelques feuilles de papier : au-dessus du coffre est
suspendu un miroir. Porte à gauche. A droite, un lit en fer sur
lequel Murat est étendu, vêtu d'un uniforme d'officier napolitain.
Il dort d'un sommeil agité. Peu à peu, il s'éveille.

SCÈNE I

MURAT, s'éveillant.

Ai-je rêvé? Il me semble que j'ai dormi
profondément. Oui, c'est bien un rêve que
je viens de faire, le rêve de ma vie entière.
Etait-ce moi que je revoyais tout à l'heure?
Moi, le fils d'un aubergiste, devenu général,
maréchal de l'Empire, prince, grand amiral,
grand-aigle de la Légion d'honneur, grand-
duc de Clèves et de Berg, roi... roi et beau-
frère de Napoléon !

Napoléon ! ah ! pourquoi cette pensée vient-
elle m'assaillir encore? Pourquoi vient-elle
me reprocher de t'avoir trahi, Napoléon, dans
mon ambition insensée, pour conserver ce
trône tombé du pan de ton manteau impérial
et que tu m'avais laissé ramasser!

Deux fois j'ai pactisé avec tes ennemis ; et ce sera le remords de ma vie entière, le seul souvenir mauvais qui se dressera devant moi, au moment de la mort. (Avec découragement.) Allons, oublions, si l'on peut oublier !...

(Rêvant encore.) Mondovi ! Saint-Georges ! Marengo ! l'Egypte et les Mameluks étincelants ! les Pyramides ! Saint-Jean-d'Acre ! Aboukir !... Iéna !... Eylau !... Friedland ! Oh ! les belles batailles ! les belles charges ! les grands coups de sabre ! Smolensk ! La Moskova ! et partout la neige qui tombe, enveloppant l'armée d'un froid linceul !! (Il prend sa tête dans ses mains et soupire.)

Hélas ! Que n'étais-je à Waterloo !....

Pardon, Napoléon ; pardon, mon frère ; toi, si bon, si généreux, si grand, qu'ils ont cloué par ma faute sur ce rocher désert, comme pour faire une apothéose de douleurs et de larmes à l'homme le plus prodigieux qui ait jamais existé ! (Un silence.)

Que de gloires et que de misères ! et tout cela pour aboutir à la fin d'un aventurier, pour être fusillé ignominieusement par une soldatesque aux gages d'un despote, dans quelque cul de basse-fosse !

N'importe : je saurai mourir. On ne dira pas que celui qui a risqué sa vie dans cent batailles a eu un instant peur de la mort.

Puisque je n'ai pas pu reprendre mon royaume, puisque j'ai perdu, je paierai; voilà tout...

Fiévreusement, il se promène quelques instants dans la chambre, puis vient se rasseoir sur le lit.

On entend un bruit de pas.

Voilà mes bourreaux.

Il se redresse fièrement.

Arrière le découragement. Redevenons le roi Joachim!

SCÈNE II

MURAT, LE CONCIERGE

La porte s'ouvre : entre le concierge. Il s'approche timidement de Murat.

MURAT

Qu'est-ce? Que me veut-on?

LE CONCIERGE

Sire, ce sont les vêtements que Votre Majesté a commandés avant-hier. Le tailleur est là.

MURAT

C'est bien, qu'il les apporte.

SCÈNE III

LES MÊMES, UN TAILLEUR

MURAT

Ah ! c'est vous ! je croyais que vous n'en finiriez pas ! cet uniforme me pesait. (Amèrement.) Un uniforme aux couleurs de Ferdinand. Mais l'on m'avait mis dans un tel état...

Le tailleur déplie le paquet qu'il a apporté ; il en extrait un habit bleu foncé agrémenté de riches broderies de même nuance mais plus claires sur toutes les coutures. Le gilet est blanc à raies amaranthes ; le pantalon de casimir blanc également et brodé d'or.

MURAT, avec satisfaction.

Parfait ! On n'eût pas mieux fait à Paris.
Il passe vivement le gilet, puis l'habit, se tourne, faisant des effets de torse.
Pas une glace pour se voir ! Ah ! ce miroir !
Il se regarde dans le miroir, arrange le col avec la main. — Au tailleur.
Voyez : le col est un peu haut, mais ce sera assez bon pour quelques jours. Tenez : ici, il y aurait bien aussi une rectification ; mais bast ! (D'un air dégagé.) pour cette fois, je m'en passerai.

LE TAILLEUR

Votre Excellence est satisfaite ?

MURAT, avec hauteur.

Appelez-moi Majesté : je suis votre roi...
Payez-vous.

Il lui jette une bourse.

LE TAILLEUR, balbutiant.

Oui, Sire... pardon, Majesté... à vos ordres,
Sire.

Il sort en se courbant jusqu'à terre.

SCÈNE IV

MURAT, LE CONCIERGE

LE CONCIERGE

Votre Majesté désire-t-elle souper?

*Murat fait signe que oui. Le concierge apporte un poulet froid, du
pain, une bouteille de vin, etc.*

LE CONCIERGE

Votre Majesté veut-elle recevoir le général
Nunziante?

MURAT

Qu'il entre.

MURAT, au concierge.

Laissez-nous.

Le concierge sort.

SCENE V

MURAT, LE GÉNÉRAL NUNZIANTE

Murat est assis à la table et mange.

MURAT

C'est vous, général. Voulez-vous dîner avec moi? j'ai une faim d'ogre. Dame ce n'est pas un dîner de roi que je vous offre, mais à la guerre comme à la guerre ; il y a eu dans mon existence de soldat des jours où j'ai encore plus mal mangé que je ne le ferai aujourd'hui ? C'est dit, asseyez-vous.

LE GÉNÉRAL, tristement.

Je remercie Votre Majesté, mais je viens de souper et...

MURAT

Eh bien, asseyez-vous quand même : nous causerons, que diable ! Je ne saurais dire le plaisir que j'ai de causer avec vous.

Le général s'est assis, mais reste muet.

MURAT, mangeant.

Mais pardieu, quelle mine vous faites ? Vous avez donc une communication fâcheuse ?

Dites vite ; depuis trois jours que j'habite cette maudite chambre, je n'ai jamais reçu que de mauvaises nouvelles. A part ce poulet qui est excellent et le bon bain que, grâce à vous, j'ai pris hier, je me suis rarement trouvé aussi mal. Ainsi vous pouvez parler en confiance ; je suis cuirassé.

Le général hésite, balbutie.

MURAT

Eh bien ! eh bien ! vous semblez ému ; parions que c'est une dépêche de Ferdinand que vous avez à me communiquer ?

LE GÉNÉRAL

Oui, Sire.

MURAT

Donnez, donnez vite.

Le général lui tend un parchemin.

MURAT

Diable ! — un décret, — une pièce officielle.

Il l'ouvre — lisant :

Ferdinand, par la grâce de Dieu, etc., etc.

Passons — Ah ! j'y suis :

Avons décrété et décrétons ce qui suit :

Art. 1er. — *Le général Murat sera jugé par une commission militaire dont les membres seront nommés par notre ministre de la guerre.*

Art. 2. — *Il ne sera accordé au condamné qu'une demi-heure pour recevoir les secours de la religion.*

Au moins, c'est clair. C'est tout bonnement mon exécution que ce bon frère a décrétée là ; il doute si peu des juges qu'il a choisis, qu'il a réglé le temps qui doit s'écouler entre ma condamnation et ma mort. C'est expéditif....

Et quels sont les membres composant ce tribunal d'assassins ?

Lisant : « Le procureur royal La Camera, lieutenant Francesco Frozo, capitaine Strati, etc. »

Il continue à lire tout bas.

De mieux en mieux, — admirable ! Pas même un général !

LE GÉNÉRAL

Sire, le capitaine Strati est là qui désire parler à Votre Majesté : il demande à être introduit auprès d'Elle, et attend que vous en donniez l'ordre.

Murat s'est levé de table, il fait signe que le capitaine peut entrer.

MURAT, à part.

Maintenant je comprends l'embarras de ce cher général.

SCÈNE VI

LES MÊMES, LE CAPITAINE STRATI

LE CAPITAINE STRATI, s'approchant de Murat.

Général, je suis chargé de vous signifier l'ordonnance de la mise en jugement : la voici. Le tribunal vient de se réunir en ce moment même. J'ai pour mission de vous demander de vouloir bien me suivre pour y comparaître.

MURAT, le sourire aux lèvres, vivement.

Jamais, Monsieur, jamais !
(D'un ton méprisant et s'animant peu à peu.)

Allez dire à ces juges improvisés, vos collègues, que je ne reconnais et ne reconnaîtrai jamais un tribunal composé de simples officiers. Si l'on veut me traiter en roi, il faut pour me juger un tribunal de rois ; si l'on veut me traiter en maréchal de France, je réclame une commission de maréchaux ; enfin, si l'on veut me traiter en général, et (Amèrement.) il me semble que j'y ai quelque droit, le moins que l'on puisse faire est de rassembler un jury de généraux. Quant à présent, je refuse de reconnaître la légalité du tribunal qui m'est imposé.

LE CAPITAINE STRATI

Il ne m'est pas donné de répondre à vos questions, général ; mon devoir était de vous communiquer l'ordonnance que voici ; la discipline m'obligeait à le faire ; je l'ai fait. Je prie Votre Excellence de vouloir bien me pardonner.

MURAT

C'est bien, Monsieur, c'est bien. D'ailleurs ce n'est pas sur vous autres que retombera l'odieux du crime que vous allez commettre ; il retombera tout entier sur Ferdinand qui aura traité un de ses frères comme il aurait traité un brigand. Dites à la Commission, qu'elle peut procéder sans moi. Je ne me rendrai pas au tribunal quoi qu'il arrive, et si l'on m'y porte de force, je jure Dieu qu'aucune puissance humaine n'aura le pouvoir de me faire rompre le silence.

LE CAPITAINE STRATI, s'inclinant.

Votre Excellence voudra bien au moins me donner son nom, son âge et le lieu de sa naissance.

MURAT, avec hauteur.

Je suis Joachim Napoléon, roi des Deux-
Siciles, né à la Bastide-Fortunière, en France,
et l'histoire ajoutera : assassiné au Pizzo.
Maintenant que vous savez ce que vous voulez
savoir, je vous ordonne de sortir.

Le capitaine Strati s'incline et sort.

SCÈNE VII

MURAT, LE GÉNÉRAL NUNZIANTE

Murat se promène de long en large dans la chambre en proie à une in-
dicible exaltation ; peu à peu il s'adoucit, et s'adressant au général.

MURAT

Voici un dîner singulièrement interrompu.
Je me suis laissé emporter un peu, il est vrai ;
mais vous avouerez que c'est par trop d'im-
pudence !

LE GÉNÉRAL

Pourtant, Sire....

MURAT

Quoi, vous aussi, général, vous qui m'avez
connu jadis, vous que j'ai quand même et
toujours considéré comme un ami, vous vou-

driez me conseiller... Jamais, vous entendez, jamais je ne me présenterai devant un tribunal de traitres et de régicides — et personne au monde ne saurait me faire revenir sur ma détermination. (Un silence.)

LE GÉNÉRAL

Votre Majesté permet-elle que je me retire ?

MURAT

Quoi, vous m'abandonnez ?... Mais non, je comprends votre pensée : vous voulez aller là-bas, afin de me rapporter des nouvelles, aussitôt que vous en aurez. Merci, mon ami, merci.

Il lui tend la main. Le général s'en empare, s'incline et sort.

SCENE VIII

MURAT, seul

C'est fini ; ils vont me condamner : c'est certain, puisqu'ils en ont l'ordre. Eh bien, Murat, tu sauras mourir.

Rêvant.

Une expédition si bien menée. Tout était prêt ; j'avais l'argent, les hommes. Pourquoi a-t-il fallu que le hasard vienne me jeter dans ce petit village. Partout ailleurs j'aurais été acclamé.

Et sans cet infâme Barbara qui m'a lâchement abandonné, sans doute pour me voler le trésor que je lui avais confié, je regagnais mon vaisseau ; c'était partie remise.... Mais il faut toujours qu'il se glisse quelque part un traître pour faire échouer les plans les mieux combinés. (Avec dégoût.) Voila l'humanité...

Il s'assied sur son lit, en proie à ses pensées.

SCÈNE IX

MURAT, LE CONCIERGE, puis FRANCESCA

La porte s'ouvre doucement ; le concierge paraît, puis fait entrer Francesca.

LE CONCIERGE

Va, mon enfant, va, et que Dieu te permette de réussir !

Il sort et referme la porte.

SCÈNE X

MURAT, FRANCESCA

Au bruit, Murat a levé la tête.

MURAT

Qu'est-ce encore ?

4

Il aperçoit Francesca. (Avec surprise).

Une jeune fille ! (Avec bonté.) Approchez-vous, mon enfant.

FRANCESCA, se jetant aux pieds de Murat.

Sire, Sire, pardonnez mon audace ; mais c'est pour le bien de Votre Majesté que j'ose m'approcher d'elle !

MURAT, la relevant.

Parlez, mon enfant ; je vous écoute.

FRANCESCA

Sire, mon nom est Francesca ; je suis la fille du concierge de cette maison ; mais toute faible femme que je suis, je pense que je pourrai être utile à Votre Majesté. Sire, mon père vous est dévoué; il n'a jamais osé vous parler de nos projets et c'est moi qu'il a chargée de le faire. Sire, si vous consentez, et s'il plaît à Dieu, cette nuit, vous serez libre.

MURAT, avec une explosion de joie.

Ah! il y a donc encore de braves gens sur cette terre !

FRANCESCA

Voici ce que Votre Majesté devra faire. Quand tout le monde sera couché, quand il

ne restera plus pour veiller que les senti-
nelles qui vous gardent, mon père m'amènera
ici comme il vient de le faire. Que Votre Majesté change de vêtements avec moi : personne
ne se méfiera en voyant sortir une femme. En
coupant vos favoris, en dissimulant bien votre
visage, en vous courbant légèrement, on vous
prendra facilement pour moi. Une fois hors
de la prison, mon père vous conduira sur la
grève. Là un batelier que nous avons gagné
vous attendra : vous monterez dans sa barque
et vous regagnerez sans danger la Corse.

Murat écoute fort attentivement ; peu à peu sa physionomie se rembrunit,
à mesure que parle la jeune fille.

MURAT

Tout cela est fort bien combiné ; mais, vous,
mon enfant, vous, savez-vous que c'est la
mort qui vous attend ?

FRANCESCA

Je le sais.

MURAT

Avez-vous bien réfléchi ?

FRANCESCA

J'ai bien réfléchi.

MURAT

Pourquoi voulez-vous donc mourir ? Qu'ai-

je fait pour vous inspirer une telle abné-
gation ?

FRANCESCA, vivement.

Rien, rien, sire. Que votre Majesté me par-
donne !

MURAT

Enfin c'est un crime que de vouloir mourir
si jeune. Vous n'aimez donc personne ?

Francesca tressaille et fait un geste négatif.

MURAT

Mais votre père, comment autorise-t-il un
pareil sacrifice?

FRANCESCA

Mon père a servi autrefois sous votre Majesté, du temps où Elle gagnait tant de
batailles. Un simple soldat; il n'est pas éton-
nant que votre Majesté ne l'ait pas reconnu.
Ce n'est pas comme Tavella, qui était sergent.
Au passage de la Bérésina, quand le pont
s'est effondré sous le poids de l'armée, vous
étiez sur l'autre rive et vous avez tendu la
main à un homme qui se noyait. Vous ne vous
en souvenez sans doute pas, sire : vous avez
sauvé ce jour là tant de gens! Cet homme
était mon père; il vous doit la vie; aujourd'hui
c'est moi qui paierai sa dette ; voilà tout.

MURAT

Et vous avez consenti, mon enfant....

FRANCESCA

Oh ! moi — hélas ! sire, rien ne m'attache à la vie. (Avec une passion contenue.) Je serai si heureuse de vous sauver.

Murat fait un geste d'étonnement.

FRANCESCA

Sire, il y a cinq ans, votre Majesté est venue au Pizzo. Vous êtes arrivé par la route d'en haut du côté de Cosenza, et tout le village était là pour vous voir passer. Ce jour-là, voyez-vous, sire, restera toujours gravé dans ma mémoire. Vous étiez en grand uniforme, tout resplendissant d'or, entouré d'une escorte d'officiers étincelants ; le ciel était bleu avec un beau soleil, comme si le temps avait voulu, lui aussi, vous faire fête. Tout le monde criait : « Vive Joachim ! vive Joachim ! » et vous étiez si beau, si beau, sur votre grand cheval noir qui caracolait, qu'on eût dit un archange de Dieu descendu du Paradis. Hélas ! comme tout cela a passé vite ! Je ne suis qu'une pauvre paysanne, sire ; mais lorsque l'autre jour je vous ai vu frappé, maltraité, déchiré par ces mêmes gens qui vous

4.

acclamaient jadis, quand j'ai appris que l'on voulait vous fusiller, j'ai pensé que votre Majesté ne me repousserait pas, et je suis venue naturellement me mettre à Son service, trop heureuse de donner ma vie, s'il le fallait, pour la vie et la liberté de mon roi.

MURAT

Bien, petite. bien.

FRANCESCA, suppliante et quasi-câline.

Ainsi vous acceptez ! vous voulez bien, dites ?

MURAT

Certes non, je refuse. (A part.) Il ne sera pas dit que cette enfant paiera de sa tête le rachat de mon existence.

FRANCESCA, se jetant à ses pieds.

Sire, par pitié, par pitié, permettez que je vous sauve !

Murat tâche de la relever, mais elle se cramponne à lui.

FRANCESCA, avec angoisse, perdant la tête.

Je ne veux pas, je ne veux pas que vous mouriez !

Murat paraît très surpris de cette insistance ; un instant il semble se recueillir, tandis que Francesca, haletante, attend anxieusement sa réponse.

MURAT

Eh bien, soit, j'accepte. (A part.) Il sera toujours

temps de la détromper. (Haut.) A ce soir, je serai
prêt. (La relevant, avec bonté.) Eh bien, êtes vous satisfaite ?

FRANCESCA, avec passion.

Merci, merci, mon roi.

MURAT

A ce soir ! à ce soir ! (L'arrêtant au moment où elle se
dirige vers la porte.) Quoi, vous vous sauvez comme
cela ; on dirait qu'à présent je vous fais peur.
Au moins, avant de me quitter, vous me per-
mettrez bien de vous embrasser, mon enfant.

FRANCESCA, rayonnante, balbutiant.

Sire...., sire....
Elle tend son front à Murat qui y dépose un baiser.

FRANCESCA, avec exaltation.

Ce baiser, sire, restera toujours gravé là
et là.
Elle montre son front et son cœur.

Sur le pas de la porte, s'adressant à son père qui est venu lui ouvrir,
avec une explosion de joie.

Il accepte ! père, il accepte ! ! !
Elle sort.

SCÈNE XI

MURAT, seul.

Chère enfant ! Cœur généreux ! Ame d'élite !

Ah! ceci repose de bien des ignominies.

Il tire de la poche de sa culotte une montre enrichie de brillants sur le couvercle de laquelle est peinte une miniature : c'est le portrait de la reine. Il la baise longuement.

Bientôt trois heures! Que font donc més juges? Il paraît que la délibération est longue!

Au moment de remettre la montre dans son gousset, ses yeux se portent sur le portrait de la reine.

Chère femme! comme c'est bien toi! (Soupirant.) Voici peut-être les deux seules affections sincères que j'ai eues dans ma vie, ma Caroline bien aimée et cette petite qui sort d'ici. (Il essuie une larme.) Caroline! ma Caroline, je veux t'adresser un dernier adieu avant de mourir.

Il va prendre l'encre et le papier qui se trouvent sur le coffre au fond du théâtre, les pose sur un coin de la table qui n'a même pas été desservie et se met à écrire.

Quand il a terminé la lettre, il la relit à haute voix :

« Chère Caroline de mon cœur.

« L'heure fatale est arrivée. Je vais mourir du dernier des supplices; dans quelques heures tu n'auras plus d'époux et nos enfants n'auront plus de père; souvenez-vous de moi et n'oubliez jamais ma mémoire.

» Je meurs innocent et la vie m'est enlevée par un jugement injuste.

» Adieu mon Achille, adieu ma Suzanne, adieu mon Lucien, adieu ma Louise.

» Montrez-vous dignes de moi; je vous

laisse sur une terre et dans un royaume plein
de mes ennemis ; montrez-vous supérieurs à
l'adversité et souvenez-vous de ne pas vous
croire plus que vous n'êtes, en songeant à ce
que vous avez été.

» Adieu, je vous bénis. Ne maudissez jamais
ma mémoire. Rappelez-vous que la plus
grande douleur que j'éprouve dans mon
supplice est celle de mourir loin de mes
enfants, loin de ma femme et de n'avoir aucun
ami pour me fermer les yeux.

» Adieu, ma Caroline, adieu. Mes enfants,
recevez ma bénédiction paternelle, mes
tendres caresses et mes derniers baisers.
Adieu, adieu, n'oubliez point votre malheu-
reux père ! »

Deux grosses larmes coulent le long des joues de Murat. On frappe dis-
crètement à la porte.

MURAT, essuyant ses larmes et reprenant un visage calme.

Entrez !

SCÈNE XII

MURAT, LE GÉNÉRAL NUNZIANTE

MURAT, allant vivement au devant du général.

Eh bien quoi, général ?

Le général baisse silencieusement la tête.

La mort, n'est-ce pas ?

Le général fait un signe affirmatif. Fièrement.

Je m'y attendais.

LE GÉNÉRAL

Voici le procureur royal qui vous rendra compte de sa mission.

SCÈNE XIII

LES MÊMES, LE PROCUREUR ROYAL
LA CAMERA

Entre le procureur royal La Camera : il tient à la main le jugement de la commission.

MURAT

Lisez, monsieur, lisez : je vous écoute.
(Il s'assied.)

La Camera lit le jugement à haute voix ; pendant toute la lecture, Murat ne peut retenir des signes d'impatience ; à un certain moment, on l'entend murmurer à mi-voix : « Mais cette loi ; c'est moi qui l'ai faite ! » Quand le procureur a terminé, il se lève, et s'adressant à lui :

C'est tout, monsieur ?

LE PROCUREUR LA CAMERA

Général, j'espère que vous mourrez sans aucun sentiment de haine contre nous, et que vous ne vous en prendrez qu'à vous-même de la loi que vous même avez faite.

MURAT

Monsieur, j'avais fait cette loi pour des brigands et non pour des têtes couronnées.

LE PROCUREUR LA CAMERA

La loi est égale pour tous, monsieur.

MURAT

Cela peut être, lorsque cela est utile à certaines gens ; mais quiconque a été roi porte avec lui un caractère sacré qui mériterait qu'on y regardât à deux fois avant de le traiter comme le commun des hommes. Je faisais cet honneur au roi Ferdinand de croire qu'il ne me ferait pas fusiller comme un criminel ; je me trompais ; tant pis pour lui ; n'en parlons plus. Quant à vous en vouloir, je ne vous en veux pas plus qu'au soldat qui, dans la mêlée, ayant reçu de son chef l'ordre de tirer sur moi, m'aurait envoyé une balle à travers le corps. Allez, monsieur, et que Dieu vous ait dans sa sainte et digne garde !

Murat a prononcé ces dernières paroles en souriant ; dès que le procureur royal est sorti, il s'approche du général Nunziante.

SCÈNE XIV

MURAT, LE GÉNERAL NUNZIANTE

MURAT

Général, j'ai un grand service à vous demander. Voici une lettre adressée à ma femme bien aimée, la reine Caroline ; donnez-moi votre parole que cette lettre sera remise. — Ah — et puis (Avec enjouement.) il y a ici une enfant, une jeune fille à qui je m'intéresse ; c'est la fille du concierge de cette maison ; elle s'appelle Francesca, je pense ; voici une bague que je désire lui laisser en souvenir de ma captivité. Me promettez-vous, général que cette bague sera remise à cette enfant, et ma lettre à la reine.

LE GÉNÉRAL

Je vous le jure.

Il se détourne pour cacher son émotion.

MURAT, lui frappant sur l'épaule.

Eh bien, eh bien, général ! qu'est-ce donc que cela ? que diable ! nous sommes soldats tous les deux, nous avons vu la mort en face. Je vais la revoir, voilà tout, et cette fois elle

viendra à mon commandement, ce qu'elle ne
fait pas toujours ; car j'espère qu'on me lais-
sera commander le feu, n'est-ce pas ?

Le général fait signe de la tête que oui.

MURAT

Maintenant, général, quelle est l'heure fixée
pour mon exécution?

LE GÉNÉRAL

Sire, désignez-la vous-même.

MURAT

C'est vouloir que je ne vous fasse pas
attendre.

LE GÉNÉRAL

J'espère que vous ne croyez pas que c'est ce
motif...

MURAT

Allons donc, général, je plaisante.

Il tire sa montre, regarde le portrait de la reine Caroline, puis le ten-
dant au général.

Voyez-donc, général, comme la reine est
ressemblante !

Il s'apprête à remettre la montre dans sa poche et vivement :

Ah ! pardon ; j'oubliais le principal. Il est
trois heures passées ; ce sera pour quatre
heures, si vous le voulez bien. Cinquante-
cinq minutes, est-ce trop ?

LE GÉNÉRAL

C'est bien, sire.

Il fait un mouvement pour sortir ; Murat l'arrête.

MURAT

Est-ce que je ne vous reverrai pas ?

LE GÉNÉRAL

Mes instructions portent que j'assisterai à votre exécution ; mais je ne sais si j'en aurai la force.

MURAT

C'est bien, c'est bien, enfant que vous êtes !

Le général Nunziante se précipite vers la porte, prêt à éclater en sanglots ; il se heurte en sortant à un prêtre, don Antonio Masdea.

C'est un grand vieillard à la figure respectable, à la démarche grave, aux manières simples.

MURAT, apercevant le prêtre.

Que me veut cet homme ? croit-il que j'ai besoin de ses exhortations et que je ne saurai mourir ?

LE GÉNÉRAL

Il demande à entrer, sire.

MURAT

Eh bien ! qu'il entre !

Le général Nunziante sort.

SCÈNE XV

MURAT, DON ANTONIO MASDEA

MURAT

Maintenant, que désirez-vous ? On me fusille dans trois quarts d'heure, et je n'ai pas de temps à perdre.

LE PRÊTRE

Sire, je viens vous demander si vous voulez mourir en chrétien.

MURAT

Je mourrai en soldat ; allez.....

Le prêtre ne bouge pas.

MURAT

Ne m'avez-vous pas entendu, mon père ?

LE PRÊTRE

Vous ne m'avez pas reçu ainsi la première fois que je vous ai vu, sire ; il est vrai qu'à cette époque vous étiez roi, et que je venais vous demander une grâce.

MURAT

Au fait : votre figure ne m'est pas inconnue.
Où donc vous ai-je vu ?

LE PRÊTRE

Ici même, sire ; lorsque vous êtes venu au
Pizzo en 1810, je vous demandai un secours
pour terminer notre église : vingt-cinq mille
francs ; vous m'en avez envoyé quarante mille.

MURAT, souriant.

C'est que je prévoyais que j'y serais enterré.

LE PRÊTRE

Eh bien, sire, refuserez-vous à un vieillard
la dernière grâce qu'il vous demande.

MURAT

Laquelle ?

LE PRÊTRE

Celle de mourir en chrétien.

MURAT

Vous désirez que je me confesse ; autrefois,
j'ai désobéi à mon père qui ne voulait pas
que je fusse soldat. Voilà la seule chose dont
j'aie à me repentir. Le reste ne regarde que
moi.

LE PRÊTRE

Mais, sire, voulez-vous me donner une attestation que vous mourrez dans la foi catholique.

MURAT

Oh ! sans difficulté

Il va s'asseoir à la table, et trace le billet suivant qu'il lit à haute voix.

« *Moi, Joachim Murat, je meurs en chrétien croyant à la Sainte Eglise catholique, apostolique et romaine.* »

Il remet le billet au prêtre. Après un semblant d'hésitation.

Mon père, votre bénédiction ?

LE PRÊTRE

De tout mon cœur.

Il impose les mains sur la tête de Murat, qui s'incline, en murmurant comme une prière.

MURAT

Adieu, mon père.

LE PRÊTRE

Adieu, mon fils.

Le prêtre sort.

5.

SCÈNE XVI

MURAT, seul.

Cet homme m'a fait perdre un temps pré-
cieux. Il me reste quarante minutes. C'est à
peine suffisant pour se faire beau pour la
mort.

Il ôte son habit, s'approche du miroir, et commence à se lisser les cheveux.

RIDEAU

TROISIÈME TABLEAU

TROISIÈME TABLEAU

Une cour, à laquelle aboutit à gauche un escalier étroit pris entre deux murs, et formant sur le théâtre une sorte de renfoncement. Au milieu de ce renfoncement, une marche. — Au fond de la scène, mur d'une maison adossée à droite à la prison des condamnés correctionnels. Au milieu de la prison, fenêtre grillée et fermée par de gros barreaux de fer. — Au travers des barreaux, apparaissent des têtes curieuses ; ce sont les prisonniers qui se pressent, attirés par les bruits insolites des préparatifs, inquiets de ce qui va se passer. — Sous la fenêtre, un piquet de six soldats d'infanterie, plus un tambour, commandés par un lieutenant.

Au lever du rideau roulement de tambour. — Un silence. — Une porte basse percée dans le mur de la maison en face des spectateurs s'ouvre : Murat en sort, puis le général Nunziante. — Le quart après quatre heures sonne.

SCÈNE UNIQUE

MURAT, LE GÉNÉRAL NUNZIANTE, UN LIEUTENANT, SOLDATS ET PRISONNIERS, puis FRANCESCA

Murat est vêtu de l'habit apporté par le tailleur au 2ᵉ tableau ; sa tête est nue ; ses cheveux noirs séparés avec soin sur le front. On devine qu'une partie du temps qui lui restait a été employée à sa toilette.

MURAT, sur le seuil de la porte, s'adressant au général Nunziante.

Général, vous êtes en retard...

A l'entrée de Murat, brouhaha derrière la fenêtre des prisonniers.

LES PRISONNIERS

C'est le roi Joachim ! — Est-ce qu'on va le fusiller ? — Recule-toi un peu que je voie. — Aïe ! tu me fais mal. C'est bien lui ! je le reconnais. — Ne pousse donc pas tant ; tu m'écrases...

Au bruit, le lieutenant qui commande le piquet a levé la tête.

LE LIEUTENANT

Taisez-vous donc, nom de Dieu !

Le bruit cesse, s'atténuant en murmures qui durent pendant toute la scène.

Murat s'avance d'un pas ferme, puis, prenant la pose théâtrale qu'il affectionne, il se campe devant les soldats.

MURAT, aux soldats d'une voix forte.

Mes amis, la cour est assez étroite pour que vous tiriez juste. Visez la poitrine : épargnez le visage.

Se tournant vers le général.

Adieu, général, et merci de tout ce que vous avez fait pour moi.

Le général Nunziante au comble de l'émotion, ne trouvant pas une parole, baise les mains que Murat lui abandonne. Posément, sans se presser, Murat va se placer à droite du théâtre dans le renfoncement formé par l'escalier ; puis montant sur la marche, il veut s'adresser de nouveau aux soldats.

MURAT

Mes amis...

Nouvelles exclamations derrière la fenêtre des prisonniers.

LES PRISONNIERS

Qu'il est beau ! — C'est qu'il n'a pas peur !
— Il est moins pâle que le général. — Tais-toi
donc, écoutons-le.

LE LIEUTENANT

Vous tairez-vous, tonnerre de Dieu ! (A Murat
qui s'est retourné.) Des canailles, général, des condamnés à la prison...

MURAT, avec bonté.

Laissez-les regarder, puisqu'ils veulent voir
Mais je les reconnais, j'ai .été enfermé avec
eux, le jour de mon arrestation. Pauvres
diables ! Je crois bien me souvenir que je leur
ai laissé quelque argent.

LES PRISONNIERS

... C'est vrai, c'est vrai. — J'ai même
encore une pièce d'or.

MURAT

Eh bien ! Du silence, je vous prie. Ce ne
sera pas long, et vous pourrez raconter plus
tard que vous avez vu mourir un roi !
Le bruit cesse.

MURAT, aux soldats, d'une voix vibrante.

Peloton — Armes. — Joue — Feu.

Trois coups seulement partent l'un après l'autre. Murat reste debout, impassible ; pas un muscle de son visage n'a bougé. Le général Nunziante et le lieutenant se regardent avec épouvante.
Murmures dans la cellule des prisonniers.

MURAT, aux soldats.

Merci, camarades. Mais c'est inutile. Recommençons et surtout pas de grâce, je vous prie.

A ce moment Francesca paraît au haut de l'escalier.

FRANCESCA

Mon Dieu ! mon Dieu !

MURAT, sur le ton du commandement.

— Charge en douze temps. — Chargez vos armes. — Joue. — Feu...

Détonation.
Murat roule la face contre terre.

FRANCESCA

Oh ! les lâches !! les lâches !!!

Elle s'évanouit.

LE LIEUTENANT

Portez-armes. — Armes bras. — Par le flanc droit, marche.

Le rideau tombe lentement, tandis que les soldats exécutent les commandements du lieutenant, et que le général Nunziante se dirige vers le cadavre de Murat.

FIN

Villers-le-Sec, octobre 1889.

www.ingramcontent.com/pod-product-compliance
Ingram Content Group UK Ltd.
Pitfield, Milton Keynes, MK11 3LW, UK
UKHW021650130726
13696UKWH00004B/1512